Bruno el rezongón

K. Mensing

LOS ESPECIALES DE

A la orilla del viento

FONDO DE CULTURA ECONÓMICA
MÉXICO

Primera edición en alemán: 1992
Primera edición en español: 1993
Primera reimpresión: 1995

Coordinador de la colección: Daniel Goldin
Traducción de María Ofelia Arruti

Título original: *Bruno ist brummig*
© 1992, J.F. Schreiber, Esslingen
ISBN 3-215-06283-6

D.R. © 1993, Fondo de Cultura Económica, S.A. de C.V.
D.R. © 1995, Fondo de Cultura Económica
Carr. Picacho Ajusco 227; México, 14200, D.F.
ISBN 968-16-4128-0

Impreso en España
Tiraje 7 000 ejemplares

Un domingo la señora Rayado había cocinado algo muy especial.

—¿Les gusta? —preguntó preocupada.

—¡Exquisito! —exclamaron al mismo tiempo el señor Rayado y su hijo Bruno.

Después de comer, Bruno trató de comunicarse con Brita, pero nadie contestó del otro lado de la línea.

—Me parece muy bien —dijo la señora Rayado—. Después de todo, tienes que arreglar tu habitación.

—Ya había decidido hacerlo mañana —rezongó Bruno.

—Los niños que no arreglan sus habitaciones se van al corral —gritó el señor Rayado.

—Van a pasar un programa interesante por televisión. Bruno también puede verlo —dijo conciliadora la señora Rayado, y toda la familia se acomodó frente al televisor.

—¿Qué es una crisis financiera? —preguntó Bruno después de un rato y bostezó ruidosamente.

—¡Cállate! —el señor Rayado levantó la voz—. Si no te interesa el programa vete afuera a jugar.

—¡Pero afuera llueve a cántaros! —protestó Bruno.

—No seas tan rezongón, Bruno —dijo la señora Rayado—. Juega un rato con el nuevo regalo de la abuela.

En el preciso instante en que Bruno sacaba el regalo de la abuela de la caja de juguetes, sonó el timbre. Corrió a la puerta y abrió. Ahí estaba Brita.

—Veo que vas a salir en tu caballo, ¿me llevas? —preguntó ella.

—¡Por supuesto! —respondió Bruno.

Cabalgaron a través del ancho mundo hasta que llegaron a una playa.

—¡Veo un barco pirata! —gritó Bruno.

Se vistieron como piratas y abordaron muchos barcos mercantes.

—¡Esto sí que es una tormenta! —gritó Brita.

Entonces el barco se hundió, y Bruno y Brita apenas lograron salvarse nadando hacia tierra.

—¡Vamos a operar al osito! —gritó Brita.

—Necesita un corazón nuevo —dijo Bruno—. ¡Pobrecito! No hay nada que temer, nosotros lo vamos a dejar bien.

La fabulosa operación fue realmente un éxito. Cuando el osito despertó de la anestesia, un nuevo corazón latía en su pecho.

—¡Ahora juguemos a las escondidas! —gritó Bruno—. ¡Nunca me vas a encontrar!

—¡Ya veremos! —dijo Brita. Contó tres veces hasta diez y luego se puso a revisar todos los cuartos. En la habitación de los papás de Bruno gritó de pronto:

—¡Te encontré!

Tiró de la colcha y, ¡ahí estaba Bruno!

—¿Cómo me encontraste? —dijo Bruno, haciendo una mueca.

—Eres muy bueno para hacer muecas —dijo Brita, admirada.

—Sí, es cierto —respondió Bruno con orgullo—. Pero es que practico frente al espejo.

—Entonces practiquemos juntos —dijo Brita.

—Podríamos tener un circo y hacer muecas frente al público —dijo Bruno.

—Sí pero también tenemos que presentar buenos actos acrobáticos —agregó Brita.

—En los circos siempre hay animales salvajes —gritó Bruno—. ¡Soy un león salvaje!

—¡Y yo soy la domadora! —contestó Brita.

—Después de los leones vienen los payasos en el intermedio —dijo Brita—. Siempre se visten de cuadros.

Bruno corrió por el lápiz de cejas de su mamá. Ambos se estaban disfrazando cuando se oyó la voz de la señora Rayado:

—¡La cena está lista, Brita está invitada!

—¡Pero miren nada más cómo se pusieron! —exclamó la señora Rayado, cuando Bruno y Brita se sentaron a la mesa—. ¿Se quita eso?

—¡Quién sabe! —dijo Bruno y se rió, feliz.